KAR KUŞLARI

Hamdullah Köseoğlu

tudem®

Yazar: Hamdullah Köseoğlu

Resimleyen: Gökçe Suvari

Yayın Yönetmeni: İlke Aykanat Çam

Editör: Burhan Düzçay

Dizgi - Grafik: Tudem

Baskı: Ertem Matbaa • 0 312 284 18 14

Birinci Basım: Aralık 2002 (3000 adet)
İkinci Basım: Aralık 2004 (3000 adet)
Üçüncü Basım: Haziran 2006 (3000 adet)
Dördüncü Basım: Şubat 2008 (3000 adet)
Beşinci Basım: Mart 2009 (3000 adet)

ISBN: 978 - 975 - 8275 - 33 - 5

www.tudem.com

KAR KUŞLARI

Hamdullah Köseoğlu

tudem®

Hamdullah Köseoğlu

1945 yılında Kars'ta doğdu. Atatürk Üniversitesi Türkoloji Bölümünü bitirdi. İlk öyküsü Varlık Yıllığı'nda çıktı.

1981-1984 yılları arasında üç kitabı yayımlandı. Yazmaya uzun bir süre ara verdi. 1997'de yeniden başladı. Otuzun üzerinde kitabı var.

Başta Vedat Dalokay, Ömer Seyfettin, Gezginler Kulübü, Halkevi, Samim Kocagöz, Ümit Kaftancıoğlu öykü, TÖMER masal ve roman olmak üzere, on beşin üzerinde ödül aldı.

Tudem Yayınları'ndan çıkan kitapları:

Az Gittim Uz Gittim (masal)

Çocuk ve Leylek (masal)

Mavi Irmak (masal)

Çöl Çiçeği (masal)

Korkak Oğlan (masal)

Küçük Ressam (öykü)

Yazarına Direnen Öyküler (öykü)

Elimi Bırakma Anne (öykü)

Yaz Çırakları (öykü)

Kar Kuşları (roman)

Kent Düşleri (roman)

Birinci Bölüm

Dağlar karlıyor. Çıplak topraklar, taş duvarlar buza kesiyor. Yer gök donuyor. İnsanlar evlerine, uçar kaçarlar yuvalarına sığınıyor.

Kitaplar, ocak başı masalları doyurmuyor. Tekerlemeler, bilmeceler, oyunlar bitiyor. İçimiz daralıyor, canımız sıkılıyor.

"Nine, bir masal daha anlatır mısın?" diyoruz.

"Yoruldum," diyor. "Gidip biraz da dışarıda oynayın."

Nereye gideceğimizi, nerede oynayacağımızı bilmiyoruz. Soğuk titretiyor; kara yel, bıçak gibi kesiyor. Elimiz ayağımız donuyor, dudaklarımız çatlıyor. Dönüp geliyoruz. Taşıdığımız soğuk içerdekileri de üşütüyor.

Annem pencereden dağlara bakıp,

"Kar yağacak," diyor.

Dedem:

"Artık sobaları kurmalı!" diye buyuruyor.

Sözünü ikiletmiyorlar. Bir koşturmadır başlıyor. Bacalar temizleniyor, borular çırpılıyor. Eskileri atılıyor, yenileri konuyor. Tut derken, kaldır derken sobalar kuruluyor. Böylece kış yaşamı başlıyor.

Çaydanlıklar tıkırdıyor, kestaneler patlıyor. Açıkgöz kedi en güzel yeri seçip uzanıyor. Olan yine bize oluyor. Yine gerilerde kalıyoruz.

Annem yanılmıyor. Ortalık kararıyor. Dediği gibi inceden inceden kar yağmaya başlıyor.

Akşam erken geliyor. Dağlar, tepeler, bozkırlar görünmez oluyor. Burnumuzu soğuk camlara dayayıp dışarıyı izliyoruz.

Karla toprak savaşıyor. İlk inen kar yıldızcıkları, eriyip suya dönüşüyor. Birikmeden çekip emiyor toprak.

Kar durmuyor. Kar dinmiyor. Biri toprağa değmeden, diğeri yetişiyor. Yarısı eriyor, yarısı kalıyor. Giderek üst üste gelip yığılıyor. Sonunda toprak savaşı bırakıyor. Örtülüp yitiyor kar altında.

En az altı ay güneş yüzü görmeyecek. Çocukların ayaklarını okşamayacak. Otlara, çalılara, ağaçlara su gönderemeyecek. Renk üretemeyecek, çiçekler açtıramayacak. Bazı hayvanlar gibi kış uykusuna yatacak. Düşünde ilkyaz yağmurları görecek. Çırpınıp çırpınıp uyanacak. Yoğun özlemlerle ilkyazı bekleyecek.

Günler, aylar sonra sarı güneş, ılık havayla gerinip kabaracak. Otları yeşertecek, tohumları çatlatacak, kökleri uyarıp su gönderecek. Bu düşle uyuyup uyanacak.

Biz, karın yağışını izlerken ışıklar yanıyor, sofralar kuruluyor. Başköşeye geçip oturuyor dedem.

"Buyurun, gelin," diyor.

Koşup yerlerimizi alıyoruz.

"Verdiğin nimetlere, sağlığa, güzelliklere..." diye el kaldırıyor. Başlarımızı eğip dinliyoruz. Bilir bilmez yineliyoruz içimizden. Sonra çatal kaşık sesleri, ağız şapırtıları...

Görünürde sofradayız, oysa kafamız dışarıda. Birdenbire bastıran karda.

Kapılar çekik, perdeler inik. Durdu mu, yağıyor mu bilmiyoruz? Onu düşünüyoruz.

Ya durmazsa... Ya sabaha kadar yağarsa... Ya tipiye dönüşürse...

Öğretmen nasıl gelir? Okula nasıl gideriz?

Yemek bittiği hâlde kaşıkları daldırıyoruz. Neremize ve ne yediğimizi bilmiyoruz. Dalgınlığımıza bakıp gülüyorlar.

Herkes çekiliyor, sofralar toplanıyor. Kızlar, gelinler dört dönüyor. Ev, eski düzenine kavuşuyor. Az sonra kahveler geliyor.

Çocuklar kahve içmez, deniliyor. Sonra bıyıkları 'yılık' çıkar. O nedenle uzak duruyoruz. Oysa kızların öyle bir sorunu yok. Onlar neden içmiyor? Düşünüyoruz; ama soramıyoruz. Duruşumuzdan, bakışımızdan anlıyor ninem.

"İçerlerse kahve gibi kara olurlar," diyor.

Bilir bilmez baş sallıyoruz.

Yemek üstüne ezgiler, türküler, şarkılar... Radyo gümbür gümbür.

Haber saati geliyor. Dedem tespihini bırakıp gözlerini açıyor. Radyodaki ses:

"Birçok köyün yolu kapandı. Kar kalınlığı bir metreye ulaştı," diyor.

Onca haber arasından bir o aklımızda kalıyor: *"Kar kalınlığı bir metreye ulaştı. Birçok köyün yolu kapandı."*

Korkuyla ürperiyoruz. Böyle giderse, sabaha kadar iki metreyi bulur. Ne biz okula gidebiliriz, ne de öğretmenimiz gelebilir.

Okulumuz iki köyün arasında. Yani iki köyün bir okulu, koca okulun da bir öğretmeni var.

Öğretmenimiz ilçeden gelip gidiyor. Yağmurlu, karlı günlerde geç geliyor. Her gün taşıt yok. Onca yolu yürümek zorunda kalıyor.

Korkuyla bakışıyoruz. Ne yapacağız diye düşünüyoruz.

İkinci Bölüm

DERSİMİZ SEVGİ

"Kullana kullana
Kirlettik her şeyimizi
Aşındırıp eskittik işte
Kala kala bir bu kaldı
Sevgi kaldı elimizde"

O yıllarda hepimiz bir evde oturuyorduk. Dedem, ninem, halamlar, amcamlar... Evimiz on odalı, koca bir yapıydı. Ayrıca konuk odası, aşevi, yüklük, kiler gibi odalar vardı.

Kız kardeşim, iki de amcamın oğlu, dört kişi giderdik okula. Gidip gelirken birbirimizi kollardık. Düşeni kaldırır, yorulanı arkalardık.

Kar durmuyor. Kar dinmiyor.

Korkulu düşlerle dönüp duruyoruz yatakta. Sabah direniyor geceye karşı. Gelmem de gelmem diyor. İki uyanıp bir uyuyoruz.

Ortalık ağarır ağarmaz pencereye koşuyoruz. Yazı yaban görünmez olmuş, kar pencerenin boyuna varmış. Şaşırıp kalıyoruz.

Büyüklerimiz oldukça dingin, ağır. Konuşa gülüşe evlerin önünü kürüyorlar.

Dedem:

"Bugün okula gitmeyin," diyor.

Dönüp anneme bakıyoruz.

Annem:

"Ne zamana kadar gitmeyecekler. Bundan sonra hep böyle gider. Durmadan yağar kar. Bir gün değil, beş gün değil. Koca bir altı ay..."

Alışıktık kara, yağmura. Öldürücü sıcağa, dondurucu soğuğa. Yapış yapış çamura, çat ayazlara...

Biz, kar kuşlarıydık.

"Gideriz," dedik. "Öğretmenimiz bekler bizi."

Dedik ya, kararsız ve kaygılıydık. Biz gidecektik; ama öğretmen nasıl gelecekti? Ya kar tipiye dönüşürse... Ya çığ düşerse... Ya kurtlar ovaya inerse...

Başlıklarımızı giyip yola çıkıyoruz. Ben, Sultan, Özkan, Serkan.

Batıp batıp çıkıyoruz. Kar göğsümüze kadar geliyor. Zorlanıyoruz ama hoşumuza gidiyor. Oynayıp eğleniyoruz.

Yolda Özlem, Aslı, Özer katılıyor. Sonra Durgun, İlker, Bircan...

Durgun'u öne geçiriyoruz. İçimizde en boylu, en güçlü,

en atak o. Adı Durgun, ama yerinde duramıyor. Öncülük etmekten onur duyuyor.

Giderek sayımız artıyor. Katılanlarla çoğalıyor, güçleniyoruz. Sayımız arttıkça, korkumuz azalıyor. Özgüvenimiz artıyor. Konuşup gülüşüyoruz.

İlk karlı günün coşkusuyla düşüp kalkarken terliyor, ıslanıyoruz. Yine de aldırmıyoruz.

Başka günlere kıyasla hava ılık, kar yumuşak. Yoruldukça arkaüstü yatıp dinleniyoruz. Hiçbir kaygı, korku yok içimizde. Oynadıkça arınıyoruz. Yaşadık, biliyoruz. Alışığız kara, soğuğa, kışa. Öksürmek, aksırmak önemli değil. Yatağa düşmedikçe...

Kar durmadan yağıyor. Üç adım ötemizi göremiyoruz. Bütün görüntüler, bütün sesler yitip gitmiş. Havada kar sesi var.

Aslında sesi yok karın. Doğrusu kar sessizliği var. Bütün uçar kaçarlar ortalıktan çekilmiş. Bir bölümü sıcak ülkelere gitmiş, bir bölümü kış uykusuna yatmış.

Çırpınarak sınıflara giriyoruz. Serpilip saçılıyor kalan karlar. Ortalık suya kesiyor. Üşüyen ellerimiz, kulaklarımız sızlamaya başlıyor.

Sobalar yanmıyor, ortalık temizlenmemiş. İçerisi buz gibi.

Okulumuzun özel bir görevlisi yok. Bütün işleri nöbetleşe yapıyoruz.

Öğretmenimiz gelmemiş.

İş bölümü yapıp koşturuyoruz. Sobaların küllerini alıp sınıfları temizliyoruz. Odunları yerleştirip ateşliyoruz.

Bir süre sonra harlıyor sobalar. Sınıflar ılıyıp ısınıyor. Yanaklarımız kanlanıp kızarıyor.

Öğretmenimiz gelmemiş. Öğretmenimiz yok.

Konuşanlar, itişenler, gezip dolananlar. Belledikleri konuları yineleyenler.

Dışarısı sessiz, içerisi cıvıl cıvıl.

Gün ilerliyor, sobalar serinliyor. Konular belleniyor. Sorular çözülüyor, şiirler ezberleniyor.

Öğretmen yok. Öğretmen gelmiyor.

Kimse soramıyor. Kimse öne çıkıp, "Öğretmen neden gelmedi?" diyemiyor. Herkes kaygısını, korkusunu kendine saklıyor. Çatışmasını içinde yaşıyor.

Gözlerimiz kapıda. Kulağımız seste. Önce ayak sesi gelecek, sonra kendisi. Gün başlayalı çok oldu. Yine de "Günaydın çocuklar!" diyecek. İçimizdeki kaygı patlayan bir sese dönüşecek. Hep bir ağızdan, "Sağ ol!" diyeceğiz.

Camlar titreyecek, sarkıtlar düşecek. Bebekler uyanacak, sağırlar duyacak. Gülümseyecek öğretmen. Sınıf aydınlanıp ışığa kesecek. Okşayan bir sesle, "Oturun," diyecek. Soluklarımızı bırakıp oturacağız.

Gezip dolaşacak sınıfları. Ödevlere bakacak, yakınmaları dinleyecek. Sonra, "Kimler çalıştı?" diye soracak. Hep birden el kaldıracağız. Şaşıracak öğretmen. Gülecek, sevinecek. Okula başlayalı bir kez olsun el kaldırmayan Volkan bile parmağını havaya dikecek.

Böyle kuruyoruz, böyle düşünüyoruz.

Öğretmenimizi bundan sonra hiç üzmeyeceğiz. Cici çocuklar olacağız. Onur duyacak, övünecek bizimle.

Bilen, bilmeyene öğretecek. Gelen, gelmeyeni getirecek.

Öğretmenimiz yok. Öğretmen gelmemiş.

Gözümüz yolda kalıyor. Okuduğumuzu anlamıyoruz. Anladığımızı anlatamıyoruz. Kilitlenmiş içimiz. Olmadık şeyler geçiyor usumuzdan. Bastırıp yok etmeye çalışıyoruz. Başka şeyler, güzel şeyler düşünüyoruz.

Olmuyor. Başaramıyoruz. Korkulu görüntüler geçiyor belleğimizden. Ürperip sararıyoruz. Bir gerilim içindeyiz. Teller koptu kopacak.

Öğretmen gelmiyor.

Ne olursa olsun gelecek. Gelmeden edemez. Oturup duramaz. Hep geldi öğretmenimiz. Yağmur çamur demedi. Kar kış demedi.

Bir tıkırtı oluyor. Bir sevinç patlıyor içimizde. "Öğretmen geldi!" diye bağrışıyoruz. Daha girmeden, kapıyı açmadan, hazır ola geçiyoruz. Günaydın demeden, "sağ ol"u hazırlıyoruz. Dilimizin ucunda... Yutkunmadan, soluk almadan, kıpırdamadan bekliyoruz.

Öğretmen girdi girecek. Kapının arkasında duruyor. Soluğunu topluyor. Önünü ilikliyor. Kravatını düzeltiyor.

Girmiyor öğretmen. Durup bekliyor. İçerisini dinliyor. Direncimizi deniyor. Ne yaptığımızı anlamaya çalışıyor.

Soluğumuzu tutup bekliyoruz. Yüreğimiz çatlayacak.

Öğretmenim, gir artık. Yeter ayakta tuttuğun. Yeter artık beklettiğin. Uslu uslu duruyoruz. Gir de sev bizi. Gir de okşa bizi. Ödevlerimizi yaptık. Verdiğin konuları belledik. Soruları çözdük, bekliyoruz.

Öğretmen girmiyor. Soluğumuz tükeniyor. Dengemiz

bozuluyor. Puflayıp oturuyoruz. O tıkırtı neydi diye düşünüyoruz. "Bakalım mı?" diyenler oluyor. "Bakalım," diyoruz. Hep birden kapıya koşuyoruz. Yine de umutluyuz. Öğretmeni kapının arkasında bulacağımızı düşünüyoruz. Belki de soğuktan...

Üçer beşer çıkıyoruz kapıdan. Düşenler oluyor, altta kalıp canı yananlar oluyor. Bütün sınıf boşalıyor. Öğretmeni arıyoruz. Kapı aralarına, duvar diplerine, ağaçların arkasına bakıyoruz. Yere, göğe...

Kar durmadan yağıyor. Öğretmen yok. Öğretmen gelmemiş.

Kolumuz kanadımız kırılıyor. Sevincimiz, coşkumuz sönüyor.

Öğretmenin tıkırtısı değilse, neydi o tıkırtı?

Neydi o tıkırtı diye düşünüyoruz, sağa sola bakarken.

Sultan:

"Kuşmuş," diyor.

Küçücük serçeyi avucuna alıp sıcak sıcak öpüyor. Çırpınmıyor, uçmuyor serçe. "Ser"i var, "çe"si yok.

Düğmelerini çözüp, göğsüne bastırıyor. Isıtmak, canına can katmak istiyor.

Hiç serçe görmemiş gibi, zorluyoruz Sultan'ı.

"Çekilin!" diye bağırıyor. "Korkudan öldüreceksiniz hayvanı!"

Donmuş serçe. Kardan önünü göremeyince, duvara çarpmış. Ağzını açıp açıp kapıyor. Canı burnunda. Zor soluyor.

Serçe yaşasın istiyoruz. Yeniden uçsun. Dönsün dolansın.

Yaşarsa sevineceğiz. Umudumuz artacak. Kuşkularımız azalacak. Bir can, soluğa kavuşacak.

Gizli bir benzerlik var öğretmenimizle serçe arasında. Açığa vuramıyor, söze dönüştüremiyoruz. Tek tek aynı şeyi düşünüyoruz. Aynı kaygıyı, korkuyu duyuyoruz. Kimse söylemeyi göze alamıyor. Eleştirilmekten korkuyor. Söylese karşı çıkacağız.

"Ağzını hayra aç. Nerden çıkarıyorsun öğretmenin yolda kaldığını. Kalsa bile yolunu şaşırmaz. Üç gün bile yolda kalsa donmaz. Kolay mı, kocaman öğretmen o. Kaç karlı, tipili yollardan geçti. Kaç dudak çatlatan soğuklar yaşadı. Her şeyi bilen öğretmenimiz kurtulmayı da bilir. Kolay mı onu durdurmak. Dünyanın bütün soğukları bile onu donduramaz. Kitapların yazdıklarından bile çok biliyor. Onca soruyu çözüyor. Bilmez mi hangi karlı dağ aşılmaz. Hangi yol geçilmez. Hangi kar yol vermez."

Bir kara korkudur yaşıyoruz. Alıp alıp veriyoruz.

Öğretmenimiz gelmiyor.

Sınıflara dönüyoruz. Oturup bekliyoruz. Hiçbir şey olmamış gibi. Durmadan kar yağmıyor gibi. Yollar kapanmamış gibi. Kurtlar ovaya inmemiş gibi...

Üçüncü Bölüm

Öğretmenin eşi:

"Kar yağıyor, gitme," diyor.

"Olmaz," diyor öğretmen. "Çocuklar bekler beni."

Kaygılı, korkulu eşi. Titrek, ince, duyarlı.

Yeni evliler. Daha alışamadı odalara. Daha alışamadı yalnızlığa. Bir başına oturup beklemelere.

Seviyor kocasını. Yanında, dizinin dibinde otursun istiyor.

O gün gitmese. Birlikte olsalar. Çok sevinecek. Mutlu olacak. Yanından ayrılmayacak. Ev işini, el işini erteleyecek.

"Bir gün de gitmeyiver. Görmüyor musun kar tipiye çevirecek?"

Durup düşünüyor öğretmen. Çocuklar geliyor usuna. Bir bir görüp duyuyor. Yaşıyor, yaşadıklarını. Hep birden yollara bakıyorlar. Öğretmenimiz gelecek, diyorlar. Bunu biliyor öğretmen.

"Yapamam," diyor. "Oturup bekleyemem. Bugüne değin hiç geç kalmadım. Ne olursa olsun gittim. Alıştılar. Bekliyorlar. Beklerler."

Kıvranıyor eşi. Anlaşılmaz bir önseziyle gitmesini istemiyor.

"Beklerlerse beklesinler. Hiç gitmemektense..."

Sözün gerisini getiremiyor. Ses boğazına tıkanıyor. Yutkunup kalıyor.

Öğretmen:

"Kaygılanma," diyor. "O yolları çok gittim geldim ben."

Eşi:

"Bugün ayrı," diyor. "Bugün..."

Ses yitip gidiyor ağzında. Kirpikleri ıslanıyor. Yüreği daralıyor. "Kötü bir düş gördüm," diyemiyor. Dili varmıyor. Eşi yadırgar diye korkuyor.

Gelip önüne duruyor eşinin. Çatallanan bir sesle:

"Gitmeni istemiyorum," diyor. "Elimde değil korkuyorum."

Eşinin omuzlarından tutup gözlerinin içine bakıyor öğretmen. Güvenli bir sesle:

"Korkma canım," diyor. "Korkma gülüm. Akşam geriye döneceğim. Söz veriyorum. Öğretmen sözü..."

İnanıyor eşi. Güveniyor, Taşkın Öğretmen'e. Döneceğim demişse, ne yapar yapar döner. İki eli kanda da olsa...

Yüreği öyle demiyor. Yüreği taş yemiş bir kuş. Çırpınıp duruyor.

Son bir çabayla:

"Belki çocuklar da gelmemiştir. Gidip de ne yapacaksın? Boş sınıflara ders mi anlatacaksın?"

Gülüyor Taşkın Öğretmen:

"Gelirler," diyor.

Eşi öfkeyle:

"Gelmezler! Anneleri göndermez böyle bir günde!"

"Sen çocukları bilmezsin. Bağlasalar da durmazlar. Kimse onları engelleyemez."

Sözün gerisini beklediğini görerek; sıcak, sevecen, okşayan bir sesle:

"Önce birinci sınıflar gelir. En isteklileri, en tezcanlıları birinci sınıflardır."

Öğrencileri gelir de durur mu Taşkın Öğretmen? Oturup kalabilir mi? "Bugün de gitmeyivereyim," diyebilir mi?

Üstünü giyiniyor. Bir güzel sarınıyor. Çantasını, kitaplarını alıp kapıya yöneliyor.

Genç eşi kırgın bir sesle:

"Sen onları benden daha çok seviyorsun," diyor.

Ne diyeceğini bilemiyor. Durup kalıyor bir süre.

"Ne olur anla beni," diyor. "Öğretmenim ben. Bir görevim var benim. O kuş kadar çocuklar gelir de ben gitmezsem..."

Kapıyı çekip karın içine dalıyor.

Genç eşi pencereye koşuyor. Üç adım sonra yitip gidiyor gözden. Savrulan karlar ak bir perde çekiyor araya.

Kızmıyor, kırılmıyor Nesrin Hanım. Kendi kendine:

"Seni anlıyorum," diyor.

Dördüncü Bölüm

"İçimiz bir ışık, bir ışık
Aman bir görsen öğretmenim
Bir sıcak, bir sıcak yüreğimiz
Yüzümüz gül okyanusu
Hoş geldin öğretmenim"

Sultan:

"Öğretmen geç gelecek," diyor. "Çıkıp bayrağı indirelim."

Gelmeyecek, diyemiyor. Demeye dili varmıyor. İnancını, umudunu koruyor.

"İndirelim," diyenler oluyor.

"Biraz bekleyelim," diyenler oluyor.

Biraz bekliyoruz. Her sınıftan bir kişiyi görevlendiriyoruz. Nöbet tutuyorlar dışarıda. Öğretmen görününce koşup gelecekler. Öğretmen geliyor, diyecekler. Sınıflar sevince kesecek. Düğün bayram olacak.

Adını koyamadıkları bir korku içindeler. Neden geç kaldı, neden gelmedi diye çırpınıyorlar.

Ya öğretmene bir şey olursa... Ya öğretmen yolda kalırsa... Ya kurtlar...

Öğretmen görünmüyor. Kar örtüyor yolları.

Durgun, yerinde duramıyor. Öne çıkıp:

"Öğretmen geç kalacak. Gelin biz bayrağı indirelim," diyor.

Gelmeyecek, demiyor. Geç kalacak, diyor.

Birbirimizden sakladığımız kaygılarla:

"İndirelim," diyoruz.

Bütün sınıflar dışarı çıkıyor. Her zamanki gibi sıra oluyoruz.

İlker, bayrak direğine sarılıp ipi çözüyor. Sultan, bir basamak yukarı çıkıp gözlerimize bakıyor. Durgun'un verdiği komutla ellerimizi indirip hazırola geçiyoruz. Başlarımız dimdik, göğüslerimiz ileride...

Durmadan kar yağıyor. Başımıza, sıcak yüzümüze çarpan karlar eriyip boynumuzdan içeri akıyor. Sıcak tenimize soğuk soğuk yapışıyor.

Aldırmıyoruz. Soluklarımızı tutup bekliyoruz. Gururluyuz. Bir başımıza da olsak görevimizi yapıyoruz.

Ah şimdi öğretmenimiz şuradan çıksa. Bizi görse, göğsü kabarsa. Emeğinin boşa gitmediğini anlasa. "Çok yaşayın çocuklar!" dese. "Sizinle gurur duyuyorum." Gözleriyle okşasa hepimizi. Gelip içimizde dursa. Bizlerden biri olsa. Bircan, Aslı ya da Özgür... Hep birlikte söylesek marşımızı...

Biz bunları düşünürken Sultan, uyaran bir sesle:

"Ses veriyorum," diyor.

Patlayan bir coşkuyla:

"Korkma, sönmez..."

Elini kaldırınca hep birden başlıyoruz. Son sesimiz, son gücümüz, son inancımızla bağırıyoruz. Gözlerimiz bayrakta, yüreğimiz karlara batıp çıkan öğretmenimizin yanında.

Küçücük bedenlerimiz eriyip yok oluyor. Sese, soluğa dönüşüyor:

"Sönmeden yurdumun üstünde tüten en son ocak."

Öyle bağırıyoruz ki sesimiz uzaklara ulaşsın. Dağlardan çığlar kopsun. Yola inen kurtlar korkup kaçsın. Öğretmenimiz, duyup canlansın. Dirilsin, güç kazansın. Onunla birlikte olduğumuzu anlasın. Onu düşündüğümüzü, beklediğimizi bilsin.

Yavaş yavaş iniyor bayrak.

Başımıza, omuzlarımıza değen karlar birikip çoğalıyor. Kardan adamlara dönüşüyoruz. Ama içimiz sıcak. İçimiz kıpır kıpır. İnancımızı, umudumuzu koruyoruz. Öğretmenin bizi duyduğuna inanıyoruz. Karları yarıp geldiğine inanıyoruz. Köşede durup izliyordur. Işıyan, yanan gözlerle bize bakıyordur. Başımızı çevirince göreceğiz. Öğretmenim, diye bağıracağız. Çığlık çığlığa koşacağız. Sarılıp halka olacağız çevresinde. Sağ olun çocuklar, diyecek. Kocaman başlarımızı, ince boyunlarımızı okşayacak. Büyüyüp kocaman olacağız. Karlar duracak, ortalık ılıyıp ısınacak. Buzlar eriyip sele suya dönüşecek. Tarlalar yeşerecek. Ağaçlar yapraklanacak. Kırlar çiçeklenecek...

Bayrak iniyor, marşımız bitiyor. Umutla, coşkuyla, sevinçle başlarımızı çevirip bakıyoruz.

Öğretmen yok. Öğretmenimiz gelmemiş.

Umudumuzu yitirmeden, sıralarımızı bozmadan çıktığımız gibi içeri giriyoruz.

Umutluyuz. Öğretmenimiz gelecek. Hep geldi bugüne kadar. Bizi bekletmedi. Bizi düş kırıklığına uğratmadı. Yanıltmadı.

Geçip sıralarımıza oturuyor, defterlerimizi, kitaplarımızı açıyoruz. Çalışmaya başlıyoruz.

Olmuyor. Okuduklarımızı anlamıyoruz. Yazdıklarımız eksik kalıyor. Gözlerimiz kitaplarda, kafalarımız karlı yollarda...

Öğretmenimiz batıp batıp çıkıyor. Düşüp düşüp kalkıyor. Bir görünüp bir yitiyor.

Koşuyoruz içimizde. Kim tutabilir bizi, kim engelleyebilir. Kuş olup uçuyoruz. Düşerken tutuyoruz öğretmenimizi. Islak ıslak gülümsüyor. "Ah çocuklar!" diyor. "Neden koştunuz? Neden terlediniz? Üşütüp yataklara düşeceksiniz. Ben size demedim mi?"

Çantasını, kitaplarını alıyoruz. Ağırlığını azaltıyoruz. Koluna giriyor, destek oluyoruz.

Bugüne değin desteksiz yürümüş hep. Kimseye dayanıp direnmemiş. Kimseye yük olmamış. Silkinip dikleşiyor.

"Sağ olun, çocuklar," diyor. "Kendim yürürüm."

Karları yarıp yürüyor. Savrulup saçılıyor karlar.

"Bunca sınaklardan geçtik, bunca engelleri aştık. Şu kuş tüyü karların sözü mü olur."

Ayrımında olmadan gülümsüyoruz. Gerinip şişiniyoruz. Güçlü bizim öğretmen. Hiçbir kara kış, karlı gün yenemez onu. Yolundan edemez, durduramaz.

Kar durmuyor. Kar dinmiyor. İnceden bir esinti çıkıyor. Kar eğri eğri yağmayı sürdürüyor.

Özkan:

"Kar tipiye dönüşecek," diyor.

Bizim söyleyemediğimizi, o söylediği için kızıyoruz. Yiyecek gibi baktığımızı görünce başını eğip gözlerini kaçırıyor.

Bilmezlikten, anlamazlıktan gelmek, gerçeği değiştirmiyor. Esinti artıyor. Düz duvarlar kar tutuyor.

Bir süre sessizlik oluyor. İçimiz daralıyor.

Sultan, tahtaya çıkıp:

"Beni dinleyin arkadaşlar!" diyor.

Gözlerimizi açıp dinliyoruz. Bir süre duruyor. Bir süre pencereden dışarı bakıyor. Ne söyleyecek diye bekliyoruz. Düşündüklerimizi söylesin istiyoruz. Açsın içimizdeki paslı kilidi. Bizi kurtarsın sıkıntıdan.

"Öğretmenimiz gelmedi," diyor

Dişlerimizi sıkıp bakıyoruz. Biz de önemli bir şey söyleyecek sanıyorduk. Öfkeli bir sesle:

"Evet, biliyoruz. Bunu mu söyleyecektin yani?"

Bir süre yüzümüze bakıyor.

Kaygılı bir sesle:

"Öğretmeni aramaya gidelim mi?" diyor.

Sarılıp öpmemek için zor tutuyoruz kendimizi.

"Gidelim," diyoruz hep birden.

Sultan:

"Hep birden olmaz."

"Ne demek istiyorsun?"

"Hep birden değilse, kimler gidecek?"

"Yalnızca biz gideceğiz."

"Biz dediğin kim? Açık söylesen ya."

"Beşinci sınıflar yani. Büyük arkadaşlar."

"Diğerleri ne olacak?"

"Onları eve göndereceğiz."

Doğru söylüyor. Küçükleri eve göndermek gerekir.

Koşup sınıflara dağılıyoruz. Özellikle dördüncü sınıfları uyarıyoruz. Küçük sınıfları onlar götürecekler. Evdekilere de öğretmeni karşılamaya gittiğimizi söyleyecekler.

Sınıflardan çıkıp toplanıyorlar. Dördüncü sınıfların bir kısmı öne geçiyor, bir kısmı arkada kalıyor. Küçük sınıfları ortaya alıyorlar.

Kar kalınlığı giderek artıyor. Gelirken açtığımız yol kapanıyor. Uzaklar görünmüyor.

Sultan, arkadan bağırıyor:

"Ağır ağır gidin! Birbirinize tutunun! Eve varınca da bizimkilere, öğretmeni karşılamaya gittiğimizi söyleyin!"

Beş on adım sonra yitip gidiyorlar savrulan karlar arasında. Yalnızca uzaklaşan sesleri kalıyor.

Beşinci Bölüm

"Öyle kocaman ki dünyamız
Aman bir görsen öğretmenim
Gönlümüz öyle çoğul
Öyle kalabalık seninle
İğne atsan yere düşmez
Hoş geldin öğretmenim"

Taşkın Öğretmen, bir süre evin sıcaklığını duyumsayarak yürüyor. Yola ilk çıkmanın diriliğiyle yarıp geçiyor karları. Kar yığınını aralayarak, saçıp savurarak ilerliyor. Batıp batıp çıkıyor. Ağzına, burnuna dolan karları soluğuyla üfürüyor.

Çok kollu, çok başlı canavar karlar. Ezildikçe, vuruldukça çoğalıyor. Ayak izlerini örtüyor, önünde tepeleniyor. Soğuk soğuk saldırıyor. İnce ince ısırıyor. Elleri, yüzü, kulakları üşüyor. Giderek terliyor, yoruluyor.

Taşkın Öğretmen diri, atak, korkusuz. Engel tanımıyor. Yorulup yolda kalmayı, donup ölmeyi düşünmüyor. "Gitmeliyim," diyor. "Geç kalmadan gitmeliyim. Şimdi çocuklar gelmişlerdir. Kitaplarını defterlerini açmış, beni bekliyorlardır."

Kara Dağ'dan bir yel kopup geliyor. Gözlerine gözlerine savuruyor karları. İstemeden, ayırımında olmadan kapatıyor gözlerini. Gözlerini kapayınca da dengesini yitirip düşüyor. Boylu boyunca kara gömülüyor.

Sıçrayıp kalkıyor. Düşmekten, savuran kardan korkmuyor. Yönünü yitirmekten korkuyor. Düşüp kalkarken şaşırmazsa yolunu, nereye gideceğini, nerede duracağını biliyor. Eninde sonunda varacak okuluna. Yüzlerce kez gelip gitmiş. Gözünü bağlasalar, arkasına taş yükleseler yine gider.

Öğrenciyken top oynamış, ağırlık kaldırmış. Böylesi yollar, havalar yormaz onu. Onun korkusu başka. Okula giden yolun sağ yanı uçurum. Yoldan saparsa...

Aslında yol yok. Yol yolak kapanmış kardan.

Önemsemiyor yolu. Sapmadan yürürse bulur okulu. Gidip gelirken adımını saysa, kaç adım sonra varacağını bilirdi. Düşünmediğine, denemediğine üzülüyor. "Ne yazık ki yaşadıkça öğreniyoruz," diyor.

Adımlarını açıyor Taşkın Öğretmen. İtip savuruyor karları. Geç kalmamalıyım, diyor. Aslı'nın bakışı, Bircan'ın gülüşü geliyor aklına. Birinci sınıftaki Gizem'in içe işleyen, "öğretmenim" deyişini anımsıyor. Unutuyor karları. İçine işleyen soğuğu.

Zorlanıyor. Gittikçe daralıyor soluğu. Atkısıyla ağzını, burnunu örtüyor. Islanıp tıkıyor atkı. Fırlatıp atıyor.

"Çocuklar beni bekliyor. Ödevlerini yapmışlar. Ben de ödevimi yapmalıyım. Zamanında gitmeliyim."

Kar durmuyor. Kar tipiye çeviriyor.

Erimeyen karlar toplanıp kalıyor üstünde. Kardan adama dönüşüyor. Eli ayağı donuyor. Ellerini, ayaklarını duymuyor. Ellerine, ayaklarına söz geçiremiyor. Kayıp iniyor ellerinden kitapları, çantası. Kara gömülüyor. Yaprak yaprak açılan kitaplar ıslanıyor.

Durmuyor. Çanta kitap görecek, düşünecek durumda değil. Düşmeleri iyi oluyor. Bir ağırlıktan kurtuluyor.

"Bir an önce gitmem gerekir," diyor.

Gitmesi gerekir. Yolun çoğunu yürüdü. İstese de dönemez. Eve varacak gücü yok.

Giderek yoruluyor. Giderek gücü tükeniyor. Titrek mum yalımı gibi söndü sönecek...

Genç eşini düşünüyor. Öğrencilerini düşünüyor. Çocukluğunu düşünüyor. Son canıyla, dişlerini sıkıp yürüyor. Yürümüyor, sürünüyor. Çocukluğundaki gibi emekliyor.

Sonra büyüyor. Ele avuca sığmıyor. Yaz koşuları deneyen bir çocuk o şimdi. Kuşlar gibi uçuyor. Tepeden dereye, dereden düze... Koca yolu bir solukta alıyor.

Düşü bırakıp gerçeğe dönüyor.

Çırpındıkça terliyor. İçi suya kesiyor.

"Durmamalıyım," diyor. "Durursam donarım. Durursam buza keserim."

Son bir çabayla ayağa kalkmaya çalışıyor. Dirseklerine dayanıp dineliyor. Çocuk çocuk gülümsüyor.

"Yürü!" diyor içindeki çocuk. "Koş!" diyor. "Bu dağları aş!" diyor.

İçindeki ses annesine dönüşüyor. Gülümsüyor annesi. Kollarını açıp, "Gel!" diyor. "Gel yavrum. Gel kuzum. Gel güzelim."

İlk adımını atıyor. Yanına ikinci adımını...

Yürüyebiliyorum diye seviniyor. O coşkuyla üçüncü, dördüncü adımını...

Gülüyor. Korkulu, coşkulu, sevinçli çığlıklar atıyor.

O, ilerledikçe annesi geri çekiliyor. Arayı açıyor. Birden annesi siliniyor. Soğuk karlar alıyor yerini. Bilinci gidip gidip geliyor.

"Gitmeliyim!" diye bağırıyor. "Öğrencilerim beni bekliyor!"

Öğrencilerini görür gibi oluyor. Toplanmış bekliyorlar. Öğretmenim seni bekliyoruz, diye bağırıyorlar. Kuşlar gibi kanat çalıp çırpınıyorlar.

Kar durmuyor. Kara yel ıslıklar çalıyor, uluyor kayalıklarda.

Kar savuran yelin sesini duyuyor. İnce bir gülümseme gelip geçiyor donan yüzünden. Buzlar çatlıyor.

"Yaklaşmışım. Yolun solundaki kayaların sesi bu."

Durup dinliyor. Yanılmıyor. Kayalar boğuk boğuk uğulduyor.

"Yürümeliyim," diyor. "Gelmişim. Yaklaşmışım. Az kalmış..."

Savrulan yelle birlikte düşüyor. Tüy döşeğe düşer gibi. Çiçekli bir kır toprağına düşer gibi. Annesinin güvenli kollarına ulaşır gibi...

"Düşmüşken biraz dinleneyim," diyor. "Oh ne güzel. Toprağın serinliği, çiçeklerin kokusu, suyun sesi..."

Dinleniyor. Dinlenince uykusu geliyor.

"Biraz uyuyayım," diyor.

Uyku bal gibi. Kollarını açmış, gel diyor. "Uyu da dinlen," diyor. "Yeterince yoruldun. Az bir yolun kaldı. Birkaç adım sonra ordasın. Öğrencilerin seni yorgun, bitkin görmesin. Dirençli olmalısın. Başını dik tutmalısın. Yorgunluk, yılgınlık yakışmaz öğretmene.

Çocuklar sana bakıyor. Seni izliyor, senin gibi olmak istiyor. Seni örnek alıyor..."

Uyku sarıp sarmalıyor. Çekip alıyor karın, buzun içinden. Kuş tüyü döşeklere taşıyor.

Son bir çırpınışla başını kaldırıyor. "Uyumamalıyım!" diyor. "Uyursam kalırım. Uyursam okula yetişemem. Öğrencilerimi göremem."

Yavaş yavaş kımıldıyor. Soluklanıp ilerliyor.

"Gideceğim!" diyor. "Yenilmeyeceğim. On adım ötede okul. On adım ötede öğrencilerim. Kimse durduramaz beni. Kimse döndüremez."

Çok çabalamasına karşın ancak bir kol boyu ilerliyor. Eline ayağına söz geçiremiyor. Donmuş her yanı. Çatır çatır buz tutmuş, kar kaplamış.

Yüreği çarpıyor. Susmuyor yüreğinin sesi:

"Dayan!" diyor. "Diren!" diyor. "Başaracaksın. Az kaldı. Az..."

Bilinci yitip gidiyor. Ak karlar kararıyor. Bir uçurumdan aşağı düşüyor.

Düşüyor. Düşüyor. Düşüyor...

"Yoldan çıkmışım," diyor. "Uçurumun başına gelmişim. Artık kurtulamam."

Umutsuzca bırakıyor kendini.

O dursa da çarpan yüreği durmuyor. Direniyor.

Düştüğü kuyunun ucunda küçük bir ışık görüyor. Gidip gidip geliyor ışık. Bir durup, bir yitiyor. Bir aydınlanıp, bir kararıyor. Bir yanıp, bir sönüyor.

"Işık varsa, kurtulma olanağı da var," diyor. "Işık varsa..."

"Öğretmenim!" diye bir ses duyuyor.

"Öğretmenim!"

Ses içinden mi geliyor, kuyunun dışından mı, çıkaramıyor.

Yeniden diriliyor. Yeniden canlanıyor. Buzlanan göz kapaklarını açıyor. Karlar ışıyıp biçimleniyor. Ses ulaşıyor kulaklarına.

"Öğretmenim!"

"Bu, Sultan'ın sesi," diyor.

"Öğretmeniiim!"

“Bu, İlker’in, Aslı’nın, Durgun’un sesi.”

Seslere tutunuyor. Seslere sarılıyor. Çıkıyor kör kuyulardan. Son sesini, son gücünü kullanarak:

“Çocuklaaar!” diye bağırıyor.

“Çocuklar, burdayıııım! Geriye dönüün! Terleyip üşüyeceksiniz!”

“Geriye dönün! Geliyorum!”

Kayalara çarpan yel sesini yutuyor. Kar, savurup örtüyor üstünü. “Öğretmenim!” sesleri giderek yitiyor.

Altıncı Bölüm

Nesrin Hanım yerinde duramıyor. İki oturup bir kalkıyor. Gidip gidip geliyor. Pencereden dışarı bakıyor. Buğulanan camları siliyor.

Kar durmuyor. Giderek artıyor. Pencere boyuna vardı, varacak.

Kaygılanıyor Nesrin Hanım. Korkuyor. Yüksek sesle söyleniyor:

"Ona, gitme," dedim. "Sen korkmuyorsun; ama ben korkuyorum. Ne yapayım elimde değil. Ben de böyle yaratılmışım. Korkularla büyütülmüşüm. Korkularla yönetilmişim."

Kalkıp pencereye gidiyor. Camları silip dışarı bakıyor. Bir ölüm sessizliği var dışarıda. Her yer kar altında. Ne gelen var, ne giden.

"Ah Taşkın, ah! Bir gün olsun beni dinleseydin ne olurdu. Herkes çekilip evinde oturuyor. Bir benim deli kocam yollarda."

Böyle adlandırdığı için utanıyor. Eşine yakıştıramıyor. Yine de içinden gelen kızgınlıkla:

"Böyle bir günde yola çıkana deli denmez de, ne denir?" diyor.

Dönüp duruyor evin içinde.

"Aklı başında olan biri yapar mı bunu? Göz göre göre..."

Aklına geleni, diline takılanı söyleyemiyor.

"Ben de ne düşünüp ne kuruyorum. Deli adamı öğretmen yaparlar mı? Gittiğine göre bir bildiği vardır. Ben ondan iyi mi bileceğim. Bir tehlike olsa gitmezdi.

Gitmeseydi ne olacaktı? Durup, oturup, yakınacaktı. 'Çocuklar şimdi bekliyor,' diyecekti. Beni de, kendisini de üzecekti. Ondan sonra kurtul, kurtulabilirsen dilinden. 'Sen olmasan giderdim ben. Çocukları bekletmezdim.' Gittin işte. Umarım üşütmezsin. Umarım yorulup yolda kalmazsın. Umarım gittiğin gibi dönersin."

Dönsün diye yakarıyor içinden. Dönsün diye...

Gün akşam oluyor. Kuşlar dal aralarına, kurtlar inlerine dönüyor. Dönmüyor Taşkın Öğretmen.

İçi daralıyor Nesrin Hanım'ın. Eve eşiğe sığmıyor. Giyinip sarınıp kara vurmak istiyor.

"Gidebilsem," diyor. "Ne yapıyor, görebilsem. Yardım edebilsem. Elini tutabilsem..."

Kar pencereye varıyor. Giderek tipiye dönüşüyor.

"Gidemem," diyor. "Bu karla baş edemem ben. Sonra dilinden..."

Gidemiyor. Karı tanımıyor. Korkuyor kardan. Onun geldiği kentte kar yoktu. Bütün yıl yeşillik olurdu. Kar yağmaz, sel basmaz, yollar kapanmazdı. Adım başı araba gelir, araba geçerdi. Kimse yolda kalmazdı. Kimsenin yüreği nar gibi çatlamazdı. Düşünce kaldıran, elini uzatınca tutan olurdu.

Şimdi Nesrin Hanım kime başvursun? Kimden yardım istesin? Kime danışsın?

Yeni geldiler bu ilçeye. Tanıdıkları, bildikleri; yardım edecek, yürek soğukluğu verecek kimseleri yok.

Yöneticilere gitse. "Taşkın Öğretmen okula gitmek için yola çıktı. Kaygılanıyorum. Varabildi mi? Bir arkasını aratsanız..." dese.

Ne derler? Nasıl karşılarlar? Arkasından giderler mi?

"Böyle bir girişimde bulunduğum için Taşkın kızar mı?"

Bir ikilem içinde. Kaygılı, kararsız, sıkıntılı.

"Ona bir şey olmasın da varsın kızsın. Varsın bağırsın. 'Sen bana güvenmiyorsun!' desin. 'Öğretmen eşi böyle davranır mı?' desin.

Ne dese gülümserim. Ne dese hoş karşılarım. Haklısın, derim. Ne yapayım, ben kara kışlar görmedim. Ben insan yutan karlarla boğuşmadım."

Düşünüyor ama yapamıyor. Ne arkasından gidebiliyor, ne yöneticileri arıyor.

Kar durmadan yağıyor. Harmanlanıp dönüyor. Dağlar, doruklar, uğuldamaya başlıyor.

Sormasa, anlatmasa, konuşmasa çatlayacak. Birisi, kaygılanma, desin. Biri, boşuna üzülme, desin. Birisi, gitmiştir, şimdi döner, desin.

İçi daralıyor, yüreği sıkışıyor. Numaraları çevirip:

"Benim anneciğim," diyor. "Nasılsın, nasılsınız?"

Annesi ivecen, coşkulu bir sesle:

"İyiyim, iyiyiz kızım. Sen nasılsın, Taşkın nasıl?"

"İyiyim anne, o da iyidir."

Bu yargıya inanmıyor annesi. Yine de açıktan sormuyor.

"Sen bir şeye mi sıkıldın?" diyor.

Nesrin Hanım, inandırıcı olmak için yapay bir gülüşle:

"Nereden çıkardın anne? İyiyim ben."

İnanmıyor annesi:

"Neden saklıyorsun? Bir sıkıntın var senin."

Nesrin Hanım sözün gerisini dinlemeden:

"Hiçbir sıkıntım yok anne," diyor.

"Etme Nesrinciğim, ben yavrumu bilmez miyim? Ben güzel kızımı tanımaz mıyım? Çekinme, anneler paylaşmak için vardır. Söyle de sıkma canımı."

Annesini sıkmamak için sözü değiştirmek istiyor:

"Oralarda havalar nasıl anne?" diyor.

Annesi anlıyor kızının geçiştirmek istediğini. Yine de anlamazlıktan geliyor.

"Bildiğin gibi. Dışarıda bir ilkyaz havası var. Bizimkiler gezmeye çıktı. Umarım aldanmazlar."

Annesi kızının sıkıntısını unutmuyor. Ağzından nasıl söz alacağını düşünüyor.

"Sizin oralarda havalar nasıl?"

Nesrin Hanım, söylemekte sakınca görmüyor:

"Sorma anne. Burada adam boyu kar var. Her yan ak bir ıssızlık içinde. Ne gelen var, ne giden..."

Uzaktaki anne bir ipucu yakalıyor. Kızının soğuklara dayanıklı olmadığını biliyor. Ayaz görmüş çiçekler gibi solduğunu düşünüyor. Koruyan bir sesle:

"Ah güzel kızım, oralara gitmeyi sen istedin. Bana kalsaydı..."

"Ne olur başlama anne. Ben burada mutluyum. Yalnız..."

Sözün gerisini getiremiyor.

Anne kıvranan bir sesle:

"Söyle güzelim."

"Durmadan kar yağıyor anne. Durmadan..."

"Sıkma canını güzelim. Onun da bir güzelliği var. Çoğu insan bayılır kara. Görmek istemiyorsan çek perdelerini, otur evinde. Dağı aşacak kervanın mı var..."

Nesrin, gizleyemediği kaygılı bir sesle:

"Var anne. Dağı aşacak bir kocam var. Kanatsız bir deli kuşum var."

Uzaktaki anne kızının güldürmek için söylediğini düşünerek, kaygıdan arınmış bir sesle:

"Doğru kızım. Erkekler dağ aşmayı severler. Bir zamanlar bizimki de öyleydi. Durmadan çalışır, çabalardı. Yedi dağın yükü sırtındaydı. Gençtir, varsın çalışsın. Her şey gençken..."

Nesrin Hanım:

"Onlar çalışıyor da kaygısı, korkusu bize düşüyor. Elim yüreğimde bekliyorum."

"Bekleme güzel kızım. Beklemek sıkar insanı. Git işine bak."

Bir süre sessizlik oluyor.

Uzaktaki anne:

"Anımsıyor musun, bunca oyayı, bunca işlemeyi nasıl yaptın, derdin.

O zaman anlatması zordu. Anlatsam da anlamazdın. Güler geçerdin.

Bizi diri tutan, ayakta tutan o işlerdi. O oyalar, o el işleri, ev işleri olmasaydı yüreğimiz çatlardı."

Nesrin, çözülmüştü. Söylemekte sakınca görmedi. Denetimsiz bir anında:

"Korkuyorum anne!" dedi.

Annesi, yatıştıran bir sesle:

"Korkacak ne var kızım. Kardır bugün yağar, yarın erir."

Titrek bir sesle:

"Kar tipiye dönüştü anne..."

Uzaktaki anne tipiyi, borayı bilmezdi. Görmemişti, yaşamamıştı. Yalnızca okumuş, duymuştu.

"Korkma güzelim. Yolda yolcusu olanlar düşünsün. Yakın sobanızı, oturun evinizde."

İçi daralıyor Nesrin Hanım'ın:

"Ah anneciğim. Yolda yolcum var benim."

"Ne yolcusu kızım? Kimmiş o yolcu?"

"Taşkın, anne! Beni dinlemedi. Bu karda, tipide okula gitti."

"Ne yapsın kızım. Gitmek zorunda. Çocukları bekliyordur onu."

Kızdı Nesrin Hanım:

"Ben de bekliyorum anne. Çocuklar benden önemli mi?"

"Öyle düşünme güzel kızım. Senin yerin ayrı, öğrencilerinin yeri ayrı."

"Öğrencilerini benden çok düşünüyor."

"Ah benim güzel kızım, o bir öğretmen. Görevleri var, sorumlulukları var. Çocuklara bir şey olursa..."

Nasıl anlatacağını bilemiyor uzaktaki anne. Bir süre sessizlik oluyor.

Kar yağmayı sürdürüyor, yel uğulduyor.

"Sıkılma kızım. Akşama döner gelir."

Konuşmayı sürdürmek istemiyor Nesrin Hanım.

"Bağışla anne, seni de sıktım. Başka konuşacak kimsem yok burada. Birisiyle konuşmam gerekirdi."

"Aradığın için sağ ol kızım. Sıkılmadım. Sesini duyduğum için mutlu oldum. Canın ne zaman isterse ara. Taşkın için kaygılanmana da gerek yok. O ne yapacağını bilir.

Korkulacak bir şey olsaydı yola çıkmazdı."

"Sağ ol anne. Sen de olmasan..."

Ses alıcıyı bırakıp, pencereye koşuyor.

Bir şeyler tıkanıyor boğazına. Ağladı, ağlayacak.

Radyodaki ses:

"Yağma yağmur, esme rüzgâr

Yolda yolcum var benim" diyor.

Bir süre susup düşünüyor.

"Ne olur, dön!" diyor. "Bunca korkuttuğun, üzdüğün yeter, gel."

Dönmüş gibi, gelmiş gibi kapıya koşuyor.

Yel uğulduyor, kar savuruyor. Öylece kalakalıyor.

Yedinci Bölüm

"Çınlıyor toprağın kulakları
Ellerimiz buğdaya değdikçe
Öyle büyüyor ki
Halkımın elindeki ekmek
İnsan insanı sevdikçe
Sevgi geldin öğretmenim"

A. Yüce

Sultan:

"Yürüyün gidelim!" diyor. "Oturup durmakla olmaz."

İlker, karşı çıkıyor:

"Biraz bekle," diyor. "İyice sarınalım. Öğretmeni kurtaralım derken kendimiz..."

Üstüne yürüyüp susturuyorlar:

"Bilir bilmez konuşma. Yeni mi görüyoruz biz karı. Yıllardır çiğneyip duruyoruz."

İlker, kendini savunuyor:

"Bağırmayın. Bir şey dediğim yok. Sarınalım, diyorum. Bunda kızacak ne var?"

Aslı:

"Tartışacak zaman değil. Bir an önce gidelim."

Bircan, kaygılı bir sesle:

"Gidelim," diyor. "Hava iyice azdı."

Serkan, ikircikli bir sesle:

"Ya öğretmen yola çıkmamışsa..."

Sultan:

"Çıkmamışsa olur mu? Kesinlikle çıkmıştır. Yolu şaşırmamışsa büyük olasılıkla yakındadır. Bu zamana kalmazdı. Demek ki..."

Hiç konuşmayan Güney:

"Bence de yoldadır öğretmen. Gideceksek bir an önce gidelim."

Sultan:

"Gelmek istemeyen var mı?" diyor.

Karşı çıkan, gelmiyorum diyen olmuyor.

"Öyleyse yürüyelim!" diyor.

Durgun, fırlayıp öne geçiyor. Önerilmeden, uyarılmadan gerekeni yapıyor. Öncülük onun görevi.

Koşmak istiyoruz. Bir an önce öğretmenimize ulaşmak istiyoruz. Bir kara korku var içimizde. Arada çarpıp çiziyor yüreğimizi.

Aslı:

"Yavaş yürüyün," diyor öndekilere. "Terleyip ıslanmayalım."

Durgun:

"Terlemeden olur mu? Eğlentiye mi gidiyoruz?"

İstesek de koşamıyoruz. Kar boyumuzu aşıyor. Batıp batıp çıkıyoruz. Özellikle öndekiler zorlanıyor.

Aslı:

"Sizi düşünerek söylüyorum. İsterseniz koşun. Ben arkanızdan gelirim," diyor.

Öndekiler sesini çıkarmıyor. Savrulan karlar ağzımıza, burnumuza, gözlerimize doluyor.

Bata çıka yürüyoruz. Birinci sınıfta kardeşi olan Güney kaygılanıyor:

"Bizimkiler köye ulaştı mı?" diyor ortalığa...

Bircan, kızgın bir sesle:

"Nerden ulaşacaklar, az önce çıktılar yola."

Sultan, yatıştırıcı bir sesle:

"Korkma!" diyor. "Dördüncü sınıflar göz kulak olur onlara. Bir bir götürüp bırakılar evlere."

İlker:

"Siz kendinize bakın. Onlar bilir ne yapacaklarını."

Aslı:

"Bakıp ne yapacağız. Yürüyoruz işte. Umarım yorulup kalmazsınız. Sandığınız kadar kolay değil bu iş."

"Sen çeneni yorma. Kolay olmadığını biliyoruz. Ellerim donmaya başladı," diyor.

Sultan, yönetici konumunda. O nedenle arada uyarma gereğini duyuyor. "Konuşarak gücünüzü harcamayın!" diyor. "Daha çok yolumuz var."

Gerçekte yol uzun değil. Kar olmasa bir solukta varırız. Çok ağır ilerliyoruz. Arkamızı yele dönüp soluklanmak zorunda kalıyoruz. Tipi önümüzden esiyor.

Aslı, arkadan bağırıyor:

"Durgun düz yürü! Sağa sola sapıyorsun! Böyle giderse..."

Durgun, boğuk boğuk karşılık veriyor:

"Ne yapayım, önümü göremiyorum. Kolaysa gel sen yürü!"

"Kolay diyen kim!"

Tipi hızını artırıyor. Savrulup uçuyor karlar. Ağzımıza burnumuza doluyor.

Sultan:

"Burada bir kavak ağacı olacaktı. Bakın bakalım görecek misiniz? Onu bulursak, yönümüzü belirleriz."

Hem yürüyüp hem bakınıyoruz. Üç adım ötemiz görünmüyor.

Durgun ilk kez:

"Yoruldum!" diyor. "Kendine güvenen biri öne geçsin."

Kimse sesini çıkarmıyor. Hepimiz yorulduk. Gürül gürül soluyoruz. Göğsümüz inip inip kalkıyor.

Sultan:

"Durgun, ne olur yürü!" diyor. "Sana güvenerek yola çıktık. Senden başkası..."

Soluğu tıkanıp susuyor.

İlker:

"Ağacı bulursak dinlenelim!" diyor.

"Dinleniriz," diyor Sultan.

Kimse karşı çıkmıyor. Susarak onaylıyoruz.

Öğretmene yardım etme isteği olmasa çoktan dönerdik. Ayakta duramayacak kadar yorulmuştuk.

Hep öğretmen korur, gözetir, yardım ederdi bize. Şimdi biz ona yardım edeceğiz. Ayrıca öğretmenimizi çok seviyoruz. Yaşamını bizim için tehlikeye attığını biliyoruz. Yardım edebilirsek mutlu olacağız.

Geliyordur öğretmenimiz. Yoldadır. Daha ötesini yüreğimiz kaldırmıyor, daha ötesine dilimiz varmıyor.

Birden bir sığırcık uçuyor kör kör. İlker bağırıyor coşkuyla:

"Sığırcık uçtuğuna göre, aradığımız ağaç buralarda olacak!"

Doğru söylüyor. Bir kuşun duldalanacağı, barınacağı başka bir yer yok.

Doğru yolda olduğumuz için seviniyoruz.

Sultan:

"Sağınıza, solunuza bakın!" diyor. "Buralarda bir yerde olacak ağaç. Durup dururken uçmaz kuş. Sesimizden ürkmüştür."

Son bir çabayla gözlerimizi açıp yürüyoruz. Esinti giderek artıyor. Geri geri itiyor bizi.

Öğretmene ulaşıncaya kadar yürüyeceğiz. Hiçbir şey engelleyemez bizi.

Böyle düşünüyoruz. Karla savaşımız yeni değil. O bizi bilmese de biz onu biliriz. Biliriz gücünü, hıncını. Son soluğumuza kadar...

Durgun ağlamaklı bir sesle:

"Onu gördüm!" diyor.

Yüreğimiz ağzımıza geliyor. İlk aklımıza gelen öğretmen oluyor.

Arkadan önden:

"Öğretmeni mi?.. Öğretmeni mi gördün?"

Durgun, soluk soluğa:

"Ağacı gördüm!" diyor. "Ağacı!"

Beklediğimiz, duymak istediğimiz bu olmasa da seviniyoruz.

"Nerede?" diyor Sultan.

"Önümüzde işte! Açın gözünüzü de bakın!"

Gözlerimizi açtığımız hâlde göremiyoruz. Kar perdeleyip örtüyor önümüzü. Varlığıyla yetiniyoruz. Durgun, gördüm diyorsa, var diyorsa vardır. Kesin bilmediğini, görmediğini söylemez.

Kör kör yürüyoruz. Birkaç adım sonra, Durgun arkasını ağaca dayayıp:

"Gelin!.." diyor.

Ağacın yapraksız, ince dalları kar tutmuş. Bir ölçüde de olsa esintiyi, savrulan karları önlüyor.

Güvenli bir korunak bulmuş gibi seviniyoruz. O güne değin önemsemediğimiz, bakıp geçtiğimiz ağaca borçluluk duyuyoruz. İyi ki varsın, diyoruz içimizden. Kim dikmişse, kim bakıp büyütmüşse büyük bir iyilik yapmış. O yöre için görülmedik bir olay bozkırda bir ağacın varlığı. O susuz, kıraç, çatlak topraklarda yeşerip gövermek, dallanıp budaklanmak olağanüstü bir olay.

Böylesi bir ağacın varlığı doğal karşılanmadığı için kutsal olarak nitelenmiş. Yer yer renkli çaputlar bağlanmış, adaklar adanmış. Bugün de önümüze çıkması, gizemli bir kurtarıcı olarak bakmamıza neden oluyor.

Soluk soluğa gidip toplanıyoruz altında.

Sultan:

"Sağol Durgun. Sen de olmasan..."

Soluğunu toplamış Durgun:

"Başka zaman öyle demiyorsunuz ama."

Çırpınmasını sürdüren Bircan:

"Ne diyoruz başka zaman?"

"Önemsemiyorsunuz."

"Önemseyip de ne yapacaktık? Sırtımıza mı alacaktık?"

Aslı, donan ellerine hohlayarak:

"İstesek de alamayız, eziliriz altında."

Sultan:

"Sana inanmasak, önemsemesek öne sürer, arkandan gider miyiz?"

Bütün bu konuşmalar, öğretmenimizin durumuyla ilgili korkuyu bastırmak içindi.

Ya öğretmenimiz kara saplanıp kalmışsa... Ya yolunu şaşırıp dağlara vurmuşsa... Ya uçurumlara doğru gidiyorsa...

Sultan:

"Yeter dinlendiğiniz arkadaşlar. Fazla zamanımız yok. Bir an önce..."

Ne diyecek diye bakıyoruz. Sözünü yarım bırakarak:

"Durgun, yürü gidiyoruz!" diyor.

İlker:

"Biraz dinlenseydik," diye sızlanıyor.

Sultan kızıyor:

"Dinlenmek isteyenler kalır."

Durgun:

"Biraz da Güney önden yürüsün. Çok yoruldum ben. Biraz daha..."

Hepimiz Güney'e bakıyoruz. Güney, boynunu büküyor.

"Durgun'un yapamadığını, ben yapamam," diyor.

Sultan:

"Arkandan yürüyecek, korkma!"

Güney:

"Siz bilirsiniz. Daha fazlasını yapamam ben. Sonra yürüsene diye bağırmayın arkadan."

Aslı, titrek bir sesle:

"Kimse yürüyecek durumda değil. Böyle giderse kurtaralım derken, kurtarıcı bekleyeceğiz."

Sultan:

"Aslı!" diye bağırıyor.

Aslı:

"Sustum," diyor.

Konuşmadan yürüyoruz. Üç adım ötemizi göremediğimiz için öğlen mi, akşam mı çıkaramıyoruz.

Ayaklarımızı, ellerimizi duymuyoruz. Giderek donuyoruz. Bu yeni değil. Daha önce de yaşadık. Daha önce de böyle tehlikeler atlattık.

Güney, yolu açmak için ellerini de kullanıyor. Onun çırpınmasını görüp canlanıyoruz. Bu arada sesimizin yettiğince bağırıyoruz:

"Öğretmenim!"

"Öğretmenim!"

Birimiz bırakıp birimiz başlıyor. Aralıksız sürüyor seslenmeler. Giderek ağlamaya dönüşüyor sesimiz.

"Öğretmenim!"

"Öğretmenim!"

"Öğretmenim!"

Yakındaysa duysun istiyoruz. Kendisini aradığımızı bilsin istiyoruz.

Umudunu yitirmesin öğretmenimiz. Çabalamayı bırakmasın. Biraz dinleneyim deyip uyumasın.

Aslında bizim bildiğimizi öğretmenimiz de biliyor. Biz yine de...

Aslı:

"Ben artık gidemeyeceğim," diyor. "Siz gidin. Burada oturur beklerim sizi."

Kızıyor Sultan.

"Beklersen, donarsın! Uyur kalırsın sonra. Bunu sen de biliyorsun."

"Ne yapayım, ayaklarım tutmuyor."

"Yalvarırım yürü Aslı. Az kaldı. Öğretmenimiz buralarda değilse, yola çıkmamış demektir."

Ses vermiyor Aslı. Çöküp kalıyor. Yel uğuldamaya başlıyor.

İlker, gidip koluna giriyor Aslı'nın.

"Yürü gidiyoruz," diyor. "Duracak zaman değil. Başımızdan büyük bir işe giriştik. Gidip köye haber verecektik. Annemler dövünmeye başlamıştır şimdi. Durup dururken iş çıkardık. Şimdi, öğretmeni mi kurtarsınlar, bizi mi?"

Bircan:

"Belki yola çıkmışlardır. Biraz direnirsek..."

Sultan, umutsuzca bağırıyor:

"Direnmeyip de ne yapacaksın? Oturup bekleyecek misin?"

İlker:

"Bence çok uzaklaşmayalım. Sonra bizi bulamazlar."

Durgun:

"Siz öğretmeni unuttunuz bakıyorum. Öğretmenimiz belki de..."

Korkuyla canlanıyoruz. Son gücümüzle bağırıyoruz.

"Öğretmenim!"

"Öğretmenim!"

Tipi uğuldamaya başlıyor. Durup dinliyoruz.

Durgun:

"Kayalıklardayız! Belki buraya sığınmıştır!"

"Belki..." diyoruz sesli sessiz. Gözlerimizi açıp bakıyoruz. Kayalıklarda yer kalmamış. Dönen yel doldurmuş, düzlemiş kovukları.

Umudumuz yitiyor. Yürüyecek gücümüz kalmıyor.

"Artık dönelim!" diyor biri.

Kim söylüyor, bilmiyoruz. Gerisini getiremiyor. Ağlamaklı oluyoruz.

Bugüne değin çok can alan tipi bizi de sınıyor. Direncimizin sınırındayız. Ötesi kara bir uyku... Güneşsiz, ışıksız bir boşluk.

Durmadan bağırıyoruz. Korku gelip yapışıyor yakamıza. Boğazımızı sıkıyor. Soluğumuzu kesiyor. Yine de direniyoruz. Yine de dayanıyoruz.

Bilinç dışı bir direnç. İçgüdüsel bir çırpınma. Ayakta duramıyoruz. Birer ikişer düşüyoruz. Düşüyoruz ama durmuyoruz. Durmuyor çarpan yüreğimiz, damarımızda akan kan...

Güney:

"Önümde bir karartı var. Öğretmene benziyor."

Bu söz, kamçılıyor hepimizi.

Sürünmeyi sürdürüyoruz.

"Öğretmenim!" diyoruz, cılız bir sesle.

"Çocuklar!" diyor öğretmen.

Ağlayarak sürünüyoruz yanına kadar. Başını kaldırıp:

"Geriye dönün," diyor.

İncelip sönen bir sesle:

"Terleyip üşüteceksiniz."

Uğuldayan yel yutuyor sesini. Kar savurup örtüyor üstünü.

Artık bizi kimse tutamaz, kimse engelleyemez. Öğretmenimizi gördükten sonra...

Deli bir coşkuyla avuçlayıp savuruyoruz karları. Yanını, yöresini açmaya çalışıyoruz. Uğuldayan yelden daha da çılgınız. Sağa sola savruluyoruz.

Sekizinci Bölüm

Günlerdir dağ tepe, ova bayır dolanıyorlar. Gözlüyorlar, izliyorlar. Coşkuyla, tutkuyla, en küçük deliği, ağaç dibini, taş altını eşiyorlar. Burunları, pençeleri, dişleri kan içinde kalıyor.

Sürüler yaylalardan ineli, göçmen kuşlar gideli aylar olmuş. Çöl canlıları yer altına çekilmiş. Ot çiçek kurumuş, dökülmüş. Toprak donmuş, taşlaşmış. O yöre dağları, koyakları ıssızlaşmış. Ne bir tırnak, ne bir kanat sesi. Ne bir cıvıltı, ne bir soluk...

Ürkütücü, sıkıcı, ağır bir sessizlik var. Boz ovalar, bayırlar, koyaklar...

Bu boz, ıssız yapı içinde, yaşamak için çırpınan, çıldıran kurt kümeleri.

Durmadan koşuyorlar. Durmadan izleyip gözlüyorlar. Durmadan aranıyorlar.

Açlar, yorgunlar, öfkeliler... Ara ara birbirlerine saldırıyorlar. Boğuşuyorlar, hırlaşıyorlar.

Dişlerinin dibini dolduracak, midelerindeki sancıyı dindirecek bir parça yiyecek bulamadan, kar yağıyor. Karabasana dönüşüyor sürek avları, sıcak et düşleri.

Durup kalıyorlar.

Yeni bir yol yöntem denemeleri gerekir. Yaşamaları gerekir. Seslerini yeniden dağlara, koyaklara salmaları gerekir.

Doğanın bir parçası onlar. Çöllerin, yaylaların en eski gezginleri. Yaşamın bir çeşidi, dengesi. Onlarsız bir dağ, bir yayla, bir koyak düşünülemez.

Kurt soyu dün olduğu gibi bundan sonra da olacak. Yeniden üreyecekler, büyüyecekler, çoğalacaklar. Açlıkla, soğukla savaşıp yaşayacaklar.

Çok kara kışlar gördüler. Çok tuzaklardan, sınaklardan geçtiler. Avcı kurşunlarından kurtuldular. Bu karlı kışı da atlatacaklar.

Kar toprağı örtüyor. Kar koşmalarını, avlanmalarını engelliyor. Giderek kar tutuyor sırtları. Birikip çoğalıyor. İkide bir silkinip, çırpınıp arınıyorlar.

Karınları doymadan durmayacaklar. Avlanmadan dönmeyecekler. Uyuyabilmek için yemeleri gerekir.

Yaşadıklarından yola çıkıp yaşanacak düşler kuruyorlar. İlk yaz günündeler. Her yan ot çiçek. Her yanda tırnak, kanat sesi. Cıvıltı, hırıltı, tıslama. Pençelenecek, dişlenecek, tutup çekiştirilecek sayısız canlılar. Yılkılar, sığırlar, sürüler... Balık etinde geyikler, yaban keçileri. Sürüden ayrılmış ak güvercin kuzular...

Düşünmesi, düşlemesi güzel. Atılıp diş geçirmesi, tanımsız...

Kurt olduklarını o zaman duyacaklar. O zaman mutlu olacaklar. O zaman yaşamları anlam kazanacak.

Yay gibi gerilip sıçrıyorlar. Dişleri sıcak etlerde kenetleniyor. Çılgınca duygularla çekip parçalıyorlar. Savurup saçıyorlar. Sık soluklarla yutuyorlar.

Yaşamak güzel, yırtıcı olmak güzel. Kara kışları, düşmanları, tuzaklarıyla yeryüzü güzel...

Savrulan kar ağızlarına, burunlarına doluyor. Düşlerine kar yağıyor. Düşleri parçalanıp dağılıyor. Görüntüler, soluklaşıp siliniyor. Durup uzun uzun uluyorlar. Bir yakarış mı, başkaldırı mı, sızlanma mı bilinmiyor.

Artık dağlarda, koyaklarda, bayırlarda yiyecek bulamayacaklar. Kar bütün yuvaları, tümsekleri, delikleri örtüyor. Görebildikleri her yan, ak karlara kesiyor.

Kar durmadan yağıyor. Korkutup ürkütüyor. İçgüdüsel bir itiyle, dağları, koyakları bırakıp düze iniyorlar. O yana koşuyorlar. Bir soluk, bir ses, bir kıpırtı arıyorlar. Yeri göğü kokluyorlar.

Üç adım önleri görünmüyor. Üç adım önlerinde ne var bilinmiyor.

Onlar görüyor, anlıyor. Güvenlikli yol nerede bitiyor, tehlike nerede başlıyor, biliyorlar.

Yaz aylarının, diri, oynak, tüyleri pırıl pırıl kurtları; yorgun, bungun, bir deri bir kemiktiler. Aç olmasalardı, durup kalabilselerdi günlerce, gecelerce uyurlardı.

Bata çıka yürüyorlar. Yeni yağmış kar ağırlıklarını taşımıyor. Yer yer gömülüp kalıyorlar. Çırpınıp savuruyorlar karları.

Onları çeken bir soluk var düzlükte. Duyuyorlar, seziyorlar, canlanıp diriliyorlar. Günler, aylar sonra, bir canlıya ulaşmanın coşkusuyla yırtınıyorlar. Dişlerinin dibi sızlıyor. Başlarını kaldırıp uluyorlar.

Tepenin ilerisinde ince bir soluk var. Bir koku var. Ölüme direnen bir canlı var.

İçli, sessiz, ölgün yaratıklar, yeniden yırtıcı kurtlara dönüşüyorlar. Son bir çırpınışla, tepeyi aşıp, düzlüğe iniyorlar. Soluğa doğru ilerliyorlar. Sonunda devinen karartıyı görüyorlar. Delici gözlerle bakıp bir insan olduğunu anlıyorlar. Sevinçle, coşkuyla, deli bir güçle ileri atılıyorlar. Sürtünmeleri ve soluklarıyla ürkütücü bir ses oluşturuyorlar. Bu çoğul ve yabanıl seslerin içinde, yitip gidiyor o yorgun, ince, cılız, tekil ses.

Yarım ay biçimine girip yaklaşıyorlar. Bir süre sinip, sürünüyorlar. Saldıracak, savunacak, boğuşacak güçleri yok. İyice yorgun ve bitkinler. Canlarını zor taşıyorlar. Kör kör deviniyorlar.

Önlerindeki insan ayırımında değil onların. Davul çaldırsan, top atsan duymayacak. Günle, gerçekle ilgisini kesmiş. Belleği silinmiş. Yalnızca aklında okuluna, öğrencilerine ulaşma isteği var.

Kurtlar gözlerini ayırmadan izliyor: Şimdi düşüp bayılacaktı. Kendini savunamayacaktı. Boylu boyunca uzanacaktı. Kasları gerilmeyecek, etleri seğrimeyecekti. İşte o zaman...

Taşkın Öğretmen düşüyor; ama durmuyor. Çırpınıyor, debeleniyor, karış karış sürünüyor.

Soluğu durmuyor. Soluğu dinmiyor. Soluğu donuyor.

Öğrencileri geçiyor gözlerinden. Sıraya girmiş bekliyorlar. Onu görünce gülümseyecekler. Donan, duyarsız, söz geçiremediği bedenini unutup ayağa kalkacak. "Günaydın çocuklar!" diyecek. Tetik düşmüş bir mermi gibi patlayacak öğrenciler: "Günaydın öğretmenim!"

Karlar eriyip seller sulara kavuşacak. İlk yaz çiçekleri açacak. Bir demet çiçekle evine dönecek. Eşi esriyip boynuna sarılacak. "Hoş geldin canım!" diyecek.

Kurtlar sürünüyor. Kurtlar tanımsız bir coşkuyla bekliyor. Şimdi duracak çarpan yüreği. Şimdi karlara koyup başını, kara bir uykuya dalacak. Ses soluk kesilecek. Yalanıp atlayacaklar.

Sıcak etin dayanılmaz çekiciliğiyle hırlaşıyorlar. Onca gün birlikte koşmalarına, aranmalarına karşın, onca dağı, tepeyi, koyağı birlikte aşmalarına karşın, yalnız yemek istiyorlar. Bölüşmek, paylaşmak istemiyorlar. Sıra gözetmiyorlar. Bir adım önde olmak istiyorlar. İlk ısıran, ilk koparan, ilk yutan olmak istiyorlar. Öne geçmek için ara ara boğuşuyorlar.

Öğretmen düşmüyor. Kara, soğuğa, aç kurtlara teslim olmuyor. Eşine söz verdi, döneceğim, dedi. Dönecek Taşkın Öğretmen. Dönmese yırtılır, dönmese çatlar. Dönmese sözü yerde kalır. Eşi dönüp yüzüne bakmaz. Bir daha ona inanmaz. Bir daha saçlarını savurup gülmez. Bir daha...

Kurtların salyaları buzlaşıyor. Savrulan tipinin içinde bir görünüp, bir yitiyorlar. İki ilerleyip, bir duruyorlar.

Dirençlerinin sınırındalar. Düşüp kalmamak için direni-

yorlar. Uzak yazları düşünüyorlar. Yıldızlı geceleri düşünüyorlar. Sürüden ayırdıkları...

O güzel, mutlu günleri yeniden yaşamaları için karınlarını doyurmaları gerekir. Son umutları bu. En yakın, en tehlikesiz avları bu.

Bir ara düşüyor öğretmen. Düşüp kalıyor. Direnmiyor, kıpırdamıyor. Gömülüp gidiyor. Savrulan karlar örtüyor üstünü. Görünmez oluyor.

Kurtlar sıçrayıp dikleşiyorlar. Soluklarını tutup ilerliyorlar. Yavaştan, usuldan yaklaşıyorlar. Pençeleriyle yoklayıp yoklayıp çekiliyorlar. Tehlikeli olmaktan çıktığını görünce, delirmişcesine eşip savuruyorlar karları.

Pençeleri sırtında duyunca, sıçrayıp dineliyor Taşkın Öğretmen. Yeniden soluklanıyor.

İnsan olmaktan çıkmış, yön duygusunu yitirmiş.

Bilinçsizce sürünüyor. Çok çabalamasına karşın ancak bir adımlık yol gidiyor.

Kar durmuyor. Yel durmuyor. Savrulup dönüyor. Boşlukları dolduruyor, izleri siliyor.

Taşkın Öğretmen tıkanıyor. Derinden gelen bir sarsılmayla boğuk boğuk öksürüyor.

Kurtlar çekilip geride duruyorlar; ama gözlerini ayırmıyorlar. Tetikteler. Atılmaya hazırlar. Fırsat kolluyorlar. Yalanıp yutkunuyorlar.

En diri, en canlı, en çarpıcı ve etkileyici yerleri gözleri. Kıvılcım saçan kor gibi, yalımlanıp yanıyor.

Taşkın Öğretmen kurtları görmüyor. Görecek durumda değil. Onlarla savaşacak güçte de değil. Buna zamanı da yok. Bir an önce gitmesi gerekir...

Köpek havlamaları geliyor. Kurtlar, duyup titriyor. Hem korkuyor, hem seviniyorlar. Demek şu sürünen, direnen canlının dışında, başka canlılar da var. Başka avlar da var.

Bugüne değin köpeklerle savaşlarında hep üstün geldiler. Oyuna getirip yendiler onları.

Kış aylarının en gözde avları köpeklerdi. Kurt kokusu alınca, önünü arkasını düşünmeden saldırırlardı. Çoğu kez yaralanır, parçalanır yine de geri durmazlardı, geri dönmezlerdi. Görev alanlarını korumak için çırpınırlardı.

Geceleri obalara, köylere inerlerdi. Köpekleri, birileri üstlerine çekerken, diğerleri arkalarını keserlerdi. Yine öyle yaparız diye sevindiler.

Onları dağlara doğru çekecek, sonra arkalarını kesip saldıracaklardı. Oysa bağ köpekleri, onlardan daha güçlü, daha diri, daha ataktılar. Boyunlarına takılan tasmalarla daha öldürücüydüler.

Köpek sesleri gittikçe yaklaşıyordu.

Gittikçe tükeniyordu gücü Taşkın Öğretmen'in. Titrek bir mum yalımı gibi söndü, sönecek...

Sesler giderek bir uğultuya dönüşüyor. Köpek sesleri, insan seslerine karışıyor.

"Öğretmenim!" diyen çocuk sesleri.

"Aslı, Durgun!" diyen anaç sesler...

Kurtlar yorgun, bitkin. Üfürülse düşecekler. Yine de yaşamak için direniyorlar.

Göğe ağan seslerin çoğaldığını görünce, yeni bir umutla geri çekiliyorlar.

Dokuzuncu Bölüm

Birinci sınıflar kapıya varmadan bağırmaya başlıyorlar:

"Anne, öğretmen yolda kalmış! Beşinci sınıflar karşılamaya gitti!"

Bir koşuşturmadır başlıyor. Sorup sorgulanıyor çocuklar.

"Ne zaman gittiler?"

"Nereye gittiler?"

Korkuyor, kaygılanıyor anneler. Kızıp bağırıyorlar:

"Bir gelsinler de görsünler günlerini. Onların yapacağı iş miymiş adam kurtarmak. İşleri güçleri oyun kurmak, oyun aramak. Karla tipiyle oyun olur mu? Böyle bir günde yola çıkılır mı?"

Öğretmen unutuluyor. Çocukları kurtarma kaygısı başlıyor.

Evden eve haber uçuruluyor. Çaylar, kahveler yarım kalıyor. Oyunlar bırakılıyor, söz bölünüyor. Sıcak yataklar soğuyor. Buluşmalar, anlaşmalar erteleniyor. Bir bağırma, çağırmadır başlıyor. Kimse, kimsenin dediğini anlamıyor.

Kimse kimseyi dinlemiyor. Bir kargaşadır yaşanıyor.

"Ne zaman gitmişler?"

"Ne yana gitmişler?"

Kızaklar çekiliyor, atlar çıkarılıyor. Kalın paltolar giyip, tiftik başlıklar takıyorlar.

Bağları çözülen köpekler dağlara vuruyor. İki gidip bir ürümeye başlıyor.

Bir sürü gel git, dur kalk, al verden sonra yola çıkıyorlar.

Atlar öfkeli soluklarla ilerliyor. Kadınlar, çocuklar, yaşlılar arkalarından bakıyor. Geride kalanların biri bitirmeden, diğeri başlıyor. Herkes ağzına geleni söylüyor. Ne dedikleri anlaşılmıyor.

"Önce okula gidin!"

"İlçe yoluna bakın!"

"Kızaklara örtü koysaydınız. Belki çocuklar..."

Gittikleriyle döndükleri bir oluyor. Kadınlar sokağa dökülüyor. Dinlemeden, anlamadan:

"Ne oldu, bulamadınız mı?"

"Belki okula dönmüşlerdir!"

"Belki..."

Öfkeden soluyan erkekler:

"Gidemedik ki bulalım!" diyorlar. "Yollar kapanmış!"

Dövünüyor kadınlar.

"Şimdi ne olacak?" diyorlar.

"Ne yapacağız?"

"Nereye baş vuracağız?"

Yaşlılar, iş bilenler öne çıkıp yatıştırıyor kadınları:

"Önemli değil, kaygılanmayın. Yürüyerek gitsinler. Korkulacak kadar değil kar. Biz bu yaşımız da bile gideriz. Damların boyunu aşan karlar gördük biz. Böylesi karları önemsersek..."

Toplanıp yürüyor erkekler. Onları anaç kadınlar, genç kızlar izliyor. Bağı çözülmüş köpekler karların arasında yitip gidiyor. Yalnızca sesleri kalıyor.

Yaşlılar arkalarından bağırıyor:

"Kestirmeden gidin! Yolu uzatmayın! Bulduğunuzda bir iki mermi sıkın anlayalım!"

İşi güvenceye almak için birkaç koldan yürüyorlar.

İş bilenler, dili dönenler:

"Sağa sola sapmayın! Birbirinizden ayrılmayın! Geride kalanları kollayın!" diyorlar.

Bir gidip iki bağırıyorlar:

"Çocuklar!"

"Bircan, Sultan, nerdesiniz?"

"İlker, Aslı!"

Kar, adam boyuna varmış. Yürümek için çabalıyorlar. Batıp batıp çıkıyorlar. Bölük bölük yarılıyor birikinti. Kanatsız kuşlar gibi çırpınıyorlar.

En çok kaygılanan Aslı'nın annesi:

"Böylesi soğuklara dayanamaz o!" diyor. "Ayakları ıslanınca, sırtı üşüyünce hastalanır yavrum. Yataklara düşer. Günlerce kendine gelemez.

Tanrım, kızım çok küçük. Kızım çok dayanıksız. Öğretmenimi kurtarayım derken..."

Anakuş çırpınışlarıyla herkesten öne geçiyor. Çılgınlar gibi saçıp savurmaya başlıyor karları. Göğüs göğüse çarpışıyor.

Yatıştırmak, korkusunu yenmek isteyenler:

"Korkma bacım!" diyorlar. "Bulacağız onları! Akıllı çocuklardır onlar! Üstesinden gelemeyecekleri işe kalkışmazlar! Bir tehlike olduğunu sezseydiler geri dönerlerdi!"

Sürekli bağırıyorlar.

"Durgun!"

"Güney! Nerdesiniz?"

En çok çırpınan Gülüzar Ana:

"Aslı! Kızım!" diyor. "Korkmayın geldik! Yetiştik! Arkanızdayız! Öğretmeninizi de kurtaracağız!

Direnin yavrularım! Direnin canlarım!

Bağırın bir kez! Buradayız, deyin! Yetiştik işte! Bırakmayın kendinizi! Uykulara aldanmayın! Borasız, karsız günleri düşünün! Güneşli günleri düşünün! Yeşeren dalları, açan çiçekleri düşünün!"

Kar durmuyor. Kar savuruyor. Açılan yolu doldurup düzlüyor.

Birden köpeklerin sesi kesiliyor. Yalnızca dar soluklar duyuluyor.

Kalabalıktan biri:

"Köpekler havlamıyor. Büyük olasılıkla çocukları görmüşlerdir," diyor.

"Görseydiler döner gelirlerdi."

"Çocuklar göndermemiştir."

"Demek gönderecek durumda değillerdir. Yoksa yerlerini belli etmek için gönderirlerdi."

Bu son söz, korkuyu büyütüp üretiyor. Çeşitli olasılıklar düşündürüyor. Kötü şeyler çağrıştırıyor.

Susup kalıyorlar.

Gülüzar Ana, soluk soluğa. Durmadan dövünüp çırpınıyor. Analık önsezisiyle:

"Çocuklar, buralarda bir yerlerdeler!" diye bağırıyor.

"Çocuklar buradalar! Gözlerinizi açın! Burada bir yerdeler! Duyuyorum onları! Duyuyorum!"

Duyuyorlar çocukları. Seslerini, soluklarını, korkularını...

Durup dinliyorlar. Anlamaya, kavramaya çalışıyorlar.

Sesler bir gidip bir geliyor.

Savrulup dönen karlar, araya girip sesleri yutuyor. Korkutucu, ürkütücü sesler üretiyor.

Kıpırdamadan, ara vermeden, hiç bir şey düşünmeden dinliyorlar.

Kayalıklara yaklaşan biri:

"Gördüm onları!" diye bağırıyor. "Bu yana gelin, gördüm onları!"

Sesi alıp gidiyor karlı yel. Gerisi duyulmuyor. Kim bağırıyor bilinmiyor. Bağıran nerde anlaşılmıyor. Yalnız, "kayalıklar" kalıyor akıllarında.

Yol boyunun en tehlikeli yeri kayalıklar. Bir yanı derin uçurum, bir yanı ölüm...

Bir korku sarıyor içlerini. Yürekleri titriyor. Bu yol kış günlerinin "sırat köprüsü." Kıldan ince, kılıçtan keskin... Oradan düşen insanın ölüsü bile bulunmaz. Bulunsa bile, karlar eriyip çavlanlar dinmeden, çiçekler açmadan alınmaz.

Savrulan dönen karlardan önlerini göremiyorlar. İki yürüyüp bir durmaları gerekir. Seçip ayırmaları gerekir. Kendilerini güvenceye almaları gerekir.

Sözü geçen biri:

"Durun, beni dinleyin!" diyor.

Durup, dinliyorlar.

"Bundan sonrası tehlikeli!" diyor. "Önümüzde uçurum var!"

Önümüzde diyor; ama iyice bilmiyor. Önlerinde mi, yanlarında mı çıkaramıyorlar. Yönlerini saptayacakları görünen, bilinen, hiçbir nesne yok.

"Önünüzü, yanınızı yoklayarak yürüyün! Birbirinizi kollayın!"

Kim öne geçecek, kim başı çekecek, bilmiyorlar. Bir süre düşünüyorlar. Seçip ayırmaya çalışıyorlar.

Deli Yaşar öne geçip:

"Beni izleyin!" diyor.

Adı deliye çıkmış; ama o yörenin en akıllı, en becerikli, en yetenekli, en yiğit genci. Hiç kimsenin göze alamadığını, hiç kimsenin yapamadığını korkusuzca denediği için deli diyorlar.

"Deli Yaşar geldi. Deli Yaşar gitti."

"Bunu ancak Deli Yaşar yapabilir. Gidip Deli Yaşar'a sorun."

Her yerin, her yörenin gözü kara bir delisi var. Onların delisi de Yaşar.

Bazıları bu korkulu yürüyüşü göze alamıyor.

"O delinin arkasından gidilmez," diyorlar.

En korkulu, en zor, en gerilimli günlerinde bile sesli, sessiz gülüyorlar.

Gidilmez diyorlar ama yine de gidiyorlar.

Deli Yaşar ikide bir:

"Korkmayın, gelin!" diyor. "Daha düşmedim ben!"

Öğretmenden çok, çocuklarını düşünüyorlar. Onun kara yenilmeyeceği, başını kurtaracağı inancındalar.

İçten içe kızanlar da var. O olmasa çocuklar yola çıkmazdı. Böyle bir sorun yaşanmazdı. Telefon açıp konuşabilirdi. "Gelemeyeceğim, çocuklarınızı göndermeyin," diyebilirdi. İlçe dediğin üç adımlık yol. Bağırsa duyulurdu.

Düşe kalka yürüyorlar. Ne kadar yürüdüklerini bilmiyorlar.

Deli Yaşar, durup bağırıyor:

"Çok yoruldum, biraz dinlenelim!"

Arkadakiler seviniyor. Bir oh çekip oturuyorlar. Yaşar yorulmuşsa onlar bitmiş, ölmüş demektir.

Onca kara, soğuğa karşın terliyorlar. İçleri suya kesiyor.

Durunca duyuyorlar. Durunca üşüyorlar. Alınlarındaki ter donuyor. Elleri, ayakları sızlıyor. İçleri uyuşuyor, uykuları geliyor. Başları ağırlaşıyor, gözleri kayıyor.

Yaşar, ileriden bağırıyor:

"Yürüyün, gidiyoruz! Gördüm çocukları!"

Silkinip uyanıyorlar. Son bir kez...

Gülüzar Ana'nın ayaklarının bağı çözülüyor. Olduğu yerde düşüp kalıyor. Kimsenin duymadığı bir sesle:

"Onları duyuyorum, dedim size. Onları duyuyorum."

Sesi incelip soluğu kesiliyor.

Kimse dönüp bakmıyor. Kimse tutup kaldırmıyor.

Çatlatan coşkularla sesin geldiği yana doğru yürüyorlar. Yürümüyorlar, yorgun bedenlerini koyup uçuyorlar. Yoldüzerler gibi derin kanallar açıyorlar.

Binlerce yıllık savaşı bir kez daha kazanıyorlar. Uzun kış geceleri için öyküler üretiyorlar

Sevinçlerini, coşkularını duyurmak için mermiler sıkıyorlar uzak göğün karnına.

Ses kayalara çarpıp geri dönüyor. Milyonlarca kar yıldızının arasından geçip köye ulaşıyor.

Yaşlılar:

"Çocukları buldular!" diye bağırıyorlar.

"Çocukları buldular!"

Bir sevinç çığlığı patlıyor. Büyüyüp çoğalıyor. Çığlar düşüyor uzak dağlardan.

Kar duruyor, tipi diniyor. Ilık bir hava yayılıyor ortalığa. Yer gök ak bir aydınlığa kesiyor.

Çocukları, öğretmeni alıp köye dönüyorlar.

O gece kocaman bir ay doğuyor. Binlerce kar yıldızcığı, ışık salıp geceyi aydınlatıyor.